PRÉCIS DE LA VIE

DE NAPOLÉON Ier

ÉPITRE DÉDICATOIRE

A sa Majesté Impériale

NAPOLEON III

EMPEREUR DES FRANÇAIS

Illustre et digne fils d'un prince aimé des cieux,
Sur qui tout l'univers a maintenant les yeux,
Dont l'oncle fit fléchir les plus superbes têtes,
Et compta, bien souvent, ses jours par des conquêtes,
C'est à vous, aujourd'hui, que d'une faible voix,
De cet oncle je viens raconter les exploits.

1856

Hélas ! Phébus est sourd et ma muse tremblante
Craint d'un si grand fardeau la charge trop pesante ;
Et dans le haut éclat où je le vois s'offrir ,
Touchant à ses lauriers , je crains de les flétrir.
Mais mon respect profond et mon amour sincère
Pour l'homme dont la gloire à mon cœur est si chère ,
Me décident enfin à venir vous offrir
De ses brillants exploits un léger souvenir ;
S'il mérite un regard de votre bienveillance ,
A l'éternel tribut de ma reconnaissance
Vous aurez droit , ô Sire , et ma plus vive ardeur
Est de vous voir toujours au comble du bonheur.

PRÉCIS DE LA VIE

DE NAPOLÉON Ier

Empereur des Français.

POÈME

De ta lyre, Apollon, prête-moi les accords,
Ta céleste harmonie et tes plus doux transports;
Je ne puis d'un héros célébrer la vaillance,
Sans le secours divin de ta haute assistance.

Un illustre guerrier est l'objet de mes vers;
Il soumit à ses lois presque tout l'univers.
Il est au rang des dieux; son histoire est connue,
Et dans tout ce récit, je n'ai point d'autre vue
Que celle d'empêcher que l'éclat de son nom
Ne se ternisse aux yeux de notre nation.
De ses brillants exploits je donne ici l'histoire,
Et de tout ce qui peut intéresser sa gloire;
Je donne le précis de ces évènements
Qui, de son règne ont fait les plus beaux ornements.

Sa carrière aux lecteurs paraît fort étonnante;
D'un pouvoir absolu la force triomphante
Leur a fait croire à tous qu'une céleste main
De ses hauts faits, toujours, conduisit le destin.
Il aurait obtenu la palme littéraire;
Mais, ce ne fut point là le but de sa carrière.
D'un bonheur sans égal, ses plus faibles essais
Se virent couronnés du plus brillant succès.

Il n'hésita jamais, sa volonté suprême
Surmonta le danger, même le plus extrême.
Son courage toujours fuyait l'illusion ;
Les vérités à nu s'offraient à sa raison ;
Aussi, mieux qu'aucun autre, il vit le fond des choses :
En cela, ses projets furent tous grandioses.
Un règne fut toujours à ses yeux dans le fait,
Et jamais dans le droit ; seul, il ne ressemblait,
Sur la scène du monde, à peu près à personne.

Aux plus vastes projets son âme s'abandonne ;
Son esprit, tout-à-coup, fait des pas de géant ;
Des complots ennemis il voyait le néant,
Mieux qu'un autre. En cela, de son cerveau docile
La fibre surprenante était toujours agile ;
La pensée en sortait, comme un éclair brillant ;
Son génie, en croissant, devint subtil et grand.
Ce fut cela, surtout, qui rehaussa sa gloire,
Et le fit haut placer au temple de mémoire.

Aux jeux des jeunes gens, son caractère altier,
En ce temps, ne voulut jamais bien se plier.
Tout occupé de plans et de l'art militaire,
Il n'avait dans l'esprit que des projets de guerre.

Solide en son début, la révolution
Vint combler les souhaits de son ambition,
En lui donnant, alors, de lieutenant la place :
Son génie étonnant tous les autres efface.
Parmi les artilleurs, l'emploi d'un colonel
Lui parut, dans ce temps, un grade solennel.

Trop jeune, il n'avait point de but en politique,
Et ne jugeait point l'homme, en ce moment critique ;
Aussi, n'était point effrayé, ni surpris
Des désordres affreux qui désolaient Paris.

Il n'était point encor d'un esprit difficile,
Et n'avait d'autre but que celui d'être utile.

Aux Alpes, dans l'armée, il prend place bientôt;
A son antique gloire il la rend aussitôt.
La troupe n'était pas exercée à la guerre;
A bien faibles soldats il eut alors affaire;
Ils devaient seulement, sur ces monts escarpés,
Aux soldats du Piémont barrer les défilés.

Dans nos rangs existait une affreuse anarchie;
Le soldat n'avait plus de vraie hiérarchie,
Méprisait l'officier, et celui-ci son chef
Qui, tour à tour aussi, se voyait, de rechef,
Destitué par ceux qui régissaient la France,
Et qui sur nos conscrit, avaient trop d'influence.

Bonaparte en danger sut bien s'en garantir;
Cette précaution hâta son avenir;
Les talents n'étaient rien. Les hommes de tribune
Pouvaient seuls obtenir les emplois, la fortune;
Mais fort au-dessus d'eux, il s'éleva toujours,
Et de leurs procédés il abhorra le cours.

Il ne jouait alors dans l'armée aucun rôle,
Mais dans ses rangs bientôt, il s'élance et s'enrôle.
Il eut de la valeur, du feu dans l'action,
Et n'éprouva jamais la moindre émotion.
Aux soldats piémontais, avec le peu de braves
Qui suivaient ses drapeaux, il créa des entraves.
Il les mit en déroute. Un glorieux butin,
Et plusieurs prisonniers tombèrent sous sa main.
Ce haut fait lui valut le rang de capitaine.

Son naturel fougeux à la guerre l'entraîne.
Il s'aperçoit bientôt que l'hésitation
Est funeste au succès d'une belle action;
Que c'est résolûment et non lorsqu'on tâtonne,
Qu'on déroute soudain les enfants de Bellonne.
Des armes le métier lui donnait du plaisir;
Défendre sa patrie était son seul désir.

Dans un livre il aurait étudié la guerre ;
Mais il en avait peu, car il n'y tenait guère.
Seul, il sut, au besoin, bientôt se procurer
Une habileté rare et qui ne pût tromper.

Le destin lui sourit, il attaque, il assiége
La ville de Toulon ; le succès de ce siége
Etonna ses rivaux. Il chassa l'ennemi.
Pour prix de ce haut fait, un bienveillant ami
Le nomma général. La faction adverse
Un odieux mépris sur son compte déverse.
Il s'en soucia peu ; mais il prit en horreur
La cruelle anarchie, alors dans sa fureur ;
Gouvernement de sang et régime d'ivresse,
Entaché d'infâmie et de scélératesse.....

Se voyant trop oisif, il se rend à Paris,
Il s'attache à Barras, premier de ses amis.
Il fuit les sections qui ne peuvent rien faire ;
Il commande la troupe et prépare la guerre.
Les factieux, alors, osèrent l'attaquer ;
Mais son aspect, soudain, vint les déconcerter.
Il leur fit un échec. Si petite elle-même
Cette affaire pourtant lui valut à lui-même
De la célébrité. La révolution
Le nomma général d'une division.

A Paris, malgré lui, jaloux de la victoire,
Le parti triomphant le retint pour sa gloire.
Dans cette ville, il fut presque sans liberté,
Et sans relation dans la société,
Si ce n'est chez Barras, dont l'âme généreuse
Le tira de l'oubli d'une manière heureuse.

Jusque là de l'hymen les attraits séducteurs
N'avaient point de son âme excité les ardeurs.
La belle Beauharnais, par sa tendre caresse,
Fit couler dans son cœur un torrent d'allégresse ;

Sur son plan politique elle influa beaucoup,
Et sur ses ennemis frappa le fatal coup.
Barras lui procura cette noble alliance
Qui vint mettre le comble au bonheur de la France.
Cette union aussi, délices de son cœur,
L'éleva dès l'instant au faîte de l'honneur.

L'ambition, alors, lui paraissait plausible;
Il pouvait aspirer au plus haut rang possible.
Il désirait, surtout, de commander en chef;
Car un homme n'est rien, s'il n'a point de relief,
Ni réputation. Il fut sûr de la faire;
Il avait dans l'esprit toute ruse de guerre.

Nos troupes d'Italie alors ne faisaient rien;
Il les mit en avant, pour battre l'Autrichien,
Fort en sécurité dans la haute Italie.
Le Directoire était dans une paix chérie,
Dans l'Espagne et la Prusse, et les soldats anglais,
En faveur de l'Autriche, harcelaient les Français.
Sur les rives du Rhin, il devait donc lui faire,
Afin de l'ébranler, la plus terrible guerre.
Il la conseilla fort: son plan à tous sourit;
Il devait au pouvoir donner un grand crédit.

Il commande dès-lors la troupe d'Italie,
Qui de nombreux renforts avait été grossie.
Il la fait avancer, bien qu'au besoin de tout
Son courage invincible épouvante partout
Les postes austro-sardes qui de la Ligurie
Défendent les hauteurs; mais l'armée ennemie,
Attaquée en défaut, se rassembla soudain;
Napoléon la vit en corps, le lendemain.
Battue à Montenotte, elle le fut encore
Près de *Mélésimo*; l'on fit fuir, à l'aurore,
Le soldat autrichien d'avec le piémontais;
Celui-là vers le fleuve à la hâte fuyait,
Afin de protéger la faible Lombardie.

On bat ceux du Piémont ; en trois jours, leur patrie
Et ses positions tombent en son pouvoir ;
Le héros vit, alors, dans un humble manoir,
Un bel aide-de-camp lui demander la paix.
Pour la première fois, il avait du succès
Comme un grand général, et comme ayant la chance
D'avoir sur les états la plus vaste influence.
La gloire lui sourit, la paix change son plan ;
Il veut en Italie agir en conquérant.
La révolution lui confiant la guerre,
Napoléon foudroie et snr l'onde et sur terre.
Son édifice était enfin consolidé,
Et la cour du Piémont nous avait tout cédé,
Avait livré ses ports. Maîtres des Apennins,
Nous étions rassurés partout, sur tous les points.
Dans sa position, il attaque, il s'avance
Sur les corps autrichiens, de là passe à Plaisance,
Un fleuve plein d'écueils, comme à Lodi l'Adda ;
Ce fut avec danger. Beaulieu vaincu céda.

Nous sommes dans Milan ; mais les troupes d'Autriche
Reçoivent des renforts et rentrent dans la lice,
Convoitent l'Italie. A ce pays, soudain,
Le héros fit sentir son pouvoir souverain,
Il y porta bientôt tout son nouveau système,
Mais il se mit à dos la noblesse elle-même.....

Avec la résistance, arrive le danger.
Les intérêts de tous on vient lui confier.
A la belle Italie il rend l'indépendance,
Et fait des alliés de plus à notre France.
Dans un calme profond, étant en sûreté,
De *Campo-Formio* l'on signa le traité.
Cet acte de sa main couvrit la république
De gloire et de bonheur ; c'était son but unique.

Sur tout le continent il se voyait en paix,
Et n'avait plus à dos que le perfide Anglais.

Il s'en inquiète peu ; bien plus, il le méprise ;
A l'expédition de l'Egypte il avise.
Il la prépare seul, par un secret essais,
Il était nécessaire à son brillant succès.
Le combat d'Aboukir détruisit notre flotte,
En péril un instant, le héros, grand pilote,
Recueille ses débris. Sur tous les points vainqueur,
De la conquête il eut et le gain et l'honneur.

En Palestine aussi, on le vit s'avancer ;
Des obstacles sans nombre on vint mal l'aviser.
Au-delà du désert, il sut qu'à Saint-Jean-d'Acre,
De valeureux guerriers menaçaient d'un massacre.
Il fit de grands efforts, mais le siége fut vain ;
Il eut beau foudroyer, ce fut toujours en vain.
En force, l'ennemi lui suscitait la guerre ;
Mais le noble héros ne s'en inquiéta guère.

De retour en Egypte, il apprit, à Tunis,
L'état épouvantable où se trouvait Paris.
Pour l'expédition, n'ayant plus rien à faire,
Il dirigea ses pas vers une autre hémisphère.
Il débarque à Fréjus, et dans Paris bientôt,
Il voit que sa présence à tous rit aussitôt.
Et devenu consul de sa chère patrie,
Il la délivre enfin d'une affreuse anarchie.
Son pouvoir, dans l'Etat, comptait beaucoup d'amis,
Et pourtant, près de nous, étaient les ennemis.
Les Autrichiens avaient reconquis l'Italie,
Et détruisaient partout sa conquête chérie.
Le héros veut la paix, mais il n'en voulut pas ;
Et sa nécessité, pour lui, n'eut point d'appas.

La révolution, comme un affreux tonnerre,
Répandait en tous lieux la terreur et la guerre.
Napoléon s'avance. A Gênes, Masséna,
Par sa grande valeur, tout le monde étonna.

Mais les Alpes, le Rhin formaient une barrière.
La guerre devient donc encore nécessaire
Contre l'Italien, et contre l'Allemand,
Pour forcer à la paix ; c'est du héros le plan :
Mais il était alors sans soldats. La patrie
Vint couvrir aussitôt sa grande pénurie.
Les conscrits sont requis. Le soldat, de rechef,
A la hâte se rend à la voix de son chef.
Une armée en surgit, son état de détresse
A l'Europe irritée apporte l'allégresse.
Elle paya, plus tard, ce moment de plaisir ;
Napoléon voulut avec elle en finir.

Lannes occupe Ivrée et Pavie et Verceil ;
A nos fiers ennemis nous redonnons l'éveil.
Instruite sur-le-champ, l'armée austro-prussienne
Assiége Alexandrie. Au-dessus de la sienne,
Sa grosse artillerie ébranle le soldat :
Nous perdons du terrain, mais Desaix nous aida
Fort à propos. La ligne aussitôt se rallie ;
La place Marengo, d'épouvante saisie,
Se rend au général : ce héros redouté
Est tué, mais l'ennemi s'enfuit épouvanté.
Les points sont trop étroits. Beaucoup d'artillerie,
Avec des régiments de leur infanterie,
Des bataillons entiers, dans la confusion,
Ne pouvant s'esquiver, vont à discrétion
Se rendre à nos soldats. Cette insigne victoire
Eleva le vainqueur au faîte de la gloire.
Suchet et Masséna, deux illustres guerriers,
Dans ce combat sanglant cueillirent des lauriers.

Napoléon était aux beaux jours de sa vie,
Il avait reconquis le pays d'Italie.
Le célèbre Mélas lui demanda la paix.
Le calme était partout, par ces brillants succès.

Mais si l'autorité n'est pas incontestable,

Pour le chef de l'Etat elle est insoutenable.
La sienne eut ce danger ; mais les tribuns factieux
Furent éliminés. Le coup d'état heureux,
Conçu dans un bon but, introduisit en France,
Avec un fort crédit, la joie et l'abondance.

Une chose, pourtant, manquait à son pouvoir.....
Il fut consul à vie, et son premier devoir
Fut au bien du pays. Mais il vit une date,
Et pour un souverain, ce n'est pas ce qui flatte.
C'est le mal d'un pouvoir qui doit finir son cours.

Notre postérité lui redira toujours
Que, touchant Saint-Domingue, il fit une imprudence ;
Mais il en était loin, et cette seule absence
Causa ce grand échec. Son pouvoir était grand,
Lorsque la faction le mit sur un volcan.
L'on vit bien clairement, au complot de nivose,
Que le parti royal était fort peu de chose.
La machination faite au-delà du Rhin
Compromit fortement le noble duc d'Enghien.
Sa mort vint ajouter aux succès de nos armes ;
Notre héros, sans elle, eût eu bien des alarmes.
Contre lui Pichegru conçut un vain complot ;
Etranglé dans son lit on le trouva bientôt.....

Moreau trempait aussi dans cette horrible affaire ;
C'était fort dangereux, il était populaire ;
Il était son rival, et, pour se séparer,
Il fallait un motif; il sut, seul, le trouver.
Alors l'autorité qu'eut Bonaparte en France,
Sous le nom d'Empereur, réduisit au silence
L'horrible faction qui versa tant de sang;
Ce succès inoui le mit au premier rang,
Parmi les nations. Il trouva dans lui-même
La force, la grandeur, la puissance suprême.

La vieille dynastie abhorrait son pouvoir,

Sur le trône des rois ne voulait point le voir.
Quoiqu'il fût avec tous en bonne intelligence,
Elle avait de lui seul beaucoup de méfiance.
Il lui faisait ombrage ; elle avait bien raison,
Une affreuse tempête était à l'horizon.....

Une lutte s'engage ; avec elle commence,
Pour notre vieille Europe, une terrible chance.
A la France il avait réuni le Piémont,
On l'accusa, dès-lors, de trop d'ambition.
Cette réunion fut un signal de guerre ;
Mais ses fiers ennemis ne l'intimidaient guère.
L'on vit venir sur lui tous les coalisés,
Dont les efforts, soudain, furent paralysés.
A Vienne, Ulm, Austerlitz, il se couvre de gloire,
Et met ses ennemis au plus affreux déboire.
Il passe en Moravie, un illustre empereur
Lui demanda la paix. Ce fut à son honneur ;
Il la propose au Czar, celui-ci la refuse.
Il voit que de sa part ce n'est qu'un plan de ruse.
Il conçut, dès l'instant, le plus violent désir
D'abattre l'autocrate, avec lui d'en finir ;
Il voit que de l'un d'eux dépend le sort du monde ;
Il s'engage aussitôt une lutte profonde.....

Le voici dans Eylau. Le combat coûta cher ;
Hé ! qui des siens jamais eut regret plus amer ?
Partout il fut vainqueur, mais si ses adversaires
Fussent, le lendemain, venus sur ses derrières,
Il eût été battu. Le combat de Friedland
Lui donna la victoire et coûta bien du sang.
Le héros vit après l'empereur de Russie.
A Tilsitt, l'on conclut une paix bien chérie.

De ses fiers ennemis voilà quel fut l'effort
Contre les hauts projets qu'il formait dans le Nord.
Tous ses rivaux vivaient et leurs sujets hostiles
N'étaient point désarmés ; ils étaient indociles.

Même en signant la paix il prévit un conflit
Suscité par l'Anglais qui crut tirer profit
De ces combats sanglants qui désolent la terre ;
Tel est le mal que fit la perfide Angleterre.

Pour donner à l'empire un élargissement,
Napoléon en paix tenait le continent,
Fortifiait sa base, afin qu'en cas de guerre,
Il pût mieux renverser son terrible adversaire.

La couronne lui vint par acclamation ;
L'Eglise lui donna sa haute sanction.
Il eut, dans sa famille, un trône héréditaire :
Pour le légitimer, ce fut du temps l'affaire,
Comme il arrive encor parmi les nations,
Et tout comme il en fut, au sujet des Bourbons.

Au milieu des exploits, il fallait des systèmes,
De l'empire lier les états entre eux-mêmes,
Pour plus de sûreté ; car l'intérêt commun
Resserre les liens des membres de chacun.

Sur les trônes vacants il mit messieurs ses frères,
Et satisfit, par là, ses amours les plus chères.
De tous ces beaux états, le plus intéressant
Etait la Lombardie : il la mit à l'instant
En rapport avec lui ; sa brillante couronne
Lui revenait de droit, n'allant bien à personne :
Royaume d'Italie, alors tel fut son nom ;
Il flattait beaucoup plus l'imagination ;
Il donnait aux Lombards intime confiance,
Et nourrissait, par là, sa plus douce espérance.

Le beau trône de Naples était aussi vacant.
La reine Caroline avait versé du sang ;
Celui de ses sujets, les pavés de la ville
En étaient inondés, et l'Anglais fort hostile
Venait de l'occuper. Ce pays malheureux
Avait besoin d'un roi qui le rendît heureux.

La Hollande n'a plus de force en elle-même,
Le frère du héros en ceint le diadème.
La république suisse est encore debout;
Il n'est pas opportun de la refondre en tout.
Il borne son pouvoir à tuer sa licence,
Mais elle en témoigna peu de reconnaissance.
En faisant, de sa main, des états alliés,
A son immense empire on vit alors liés
D'autres pays voisins, et leur prépondérance,
Sur le système fait, corroborait la France.
Dans ce but, il soumit le Piémont à nos lois;
Par surcroît de bonheur, il conquit à la fois
Les pays enchanteurs de Gênes et de Parme;
Un succès si brillant et l'étonne et le charme.

Son pouvoir colossal froisse l'opinion;
Le public, aussitôt, crie à l'ambition;
Mais gagner du terrain, pour lui fut peu de chose;
Il tenait seulement au succès de sa cause.

Aussi bien que guerrier il fut législateur;
D'après lui, tout Français aux palmes de l'honneur
Aspirait et pouvait, par le droit du mérite,
S'associer tout seul à sa troupe d'élite.
La légion d'honneur fut alors établie
Pour tous ceux qui servaient vaillamment la patrie.

Pour le bien de l'Etat, de la conscription,
Il fit porter des lois, et notre nation,
Invincible au combat, pourvut à sa dépense;
Il fit communiquer l'Italie à la France;
Des Alpes, en effet, ayant percé les flancs,
A force de travaux il mit à bout ses plans.
Quel travail inoui! cette vaste entreprise
De tous nos bons voisins excita la surprise.
Le recueil de ses lois, ses monuments divers
Feront l'étonnement de tout cet univers,
Et de ses fiers guerriers l'orgueilleuse colonne,

Immortalisera leur gloire et sa couronne.

A peine son ouvrage était-il achevé,
Qu'un nouvel ennemi vient, l'étendard levé.
La Prusse veut lutter, mais l'aigle triomphante
Lui fait voir à l'instant qu'elle est une imprudente ;
Car, en bien peu de jours, d'Iéna le combat,
Au comble de la gloire éleva le soldat.

Pour donner à l'empire une force vitale,
La fédération fut faite colossale.
De l'Angleterre aussi, pour détruire l'argent,
Il bâtit un système au nord du continent ;
Ce n'était pas assez ; de ce même système
Il fallait, au Midi, porter les plans lui-même.

L'Espagne est dans le trouble et l'agitation ;
Des hommes influents sont en rébellion.
Napoléon alors, saisissant la couronne,
A son frère Joseph sur-le-champ il la donne.
Il courouça beaucoup ce pays contre lui,
Car aux lois de l'Etat il avait par trop nui.
Sur les rives du Rhin, il forme une milice
Contre les alliés qui rentrent dans la lice.
Eugène, de sa part, reçut d'heureux renforts.
La Souabe et la Bavière accoururent vite alors.
Ratisbonne se rend ; il s'avance sur Vienne :
Il veut avoir le pas sur l'armée autrichienne.
L'archiduc, habile homme, avait pris le devant ;
Il avait déjoué la ruse de son plan.
A vaincre sans péril, on triomphe sans gloire.
Napoléon enfin remporta la victoire.
Macdonald s'illustra dans ce combat sanglant :
Vaincu sur tous les points, notre ennemi se rend ;
Il demande la paix, notre héros l'accorde,
Mais l'Anglais turbulent fomente la discorde.
Au Midi, son pouvoir devient fort menaçant ;
D'une réaction il cherche un élément.....

Pour se perpétuer et grandir sa puissance,
Napoléon voulut rompre son alliance.
Son épouse consent enfin à divorcer,
Et bientôt à la France un fils il va donner.
Il eut la noble main d'une illustre princesse,
Qui porta dans son âme un torrent d'allégresse,
En donnant à son trône un héritier certain
Qui pût perpétuer son pouvoir souverain.
Ce glorieux hymen en lui-même consomme
Un pouvoir au-dessus de l'empire de Rome.

La Russie et la Prusse agissaient en dehors
De notre continent; il était clair alors
Que la haine et l'envie amèneraient la guerre.
La Russie avança; mais quelle horrible affaire!
Napoléon foudroie... Il arrive à Moscou;
Son armée invincible est au-dessus de tout.
Au bout de ses succès, au terme de sa gloire,
Sa vie eût dû finir avec cette victoire.
Il jouit peu de temps du fruit de ses travaux;
Car Smith incendia ses lauriers les plus beaux.

Quel peuple infortuné! brûler sa capitale!
Qui jamais aurait cru cette horreur infernale!
Maître de ce pays, il comptait sur la paix;
Il s'aperçut bientôt d'un malheureux délai.
La saison s'avançait; il fit battre en retraite,
Sauver nos grands guerriers, voilà ce qu'il souhaite.
Dans cet affreux revers, l'honneur, la fermeté
Suivirent nos soldats; mais un temps irrité
Leur fit un mal affreux. Tout ébranlé lui-même,
Napoléon faillit perdre son diadème.

La coalition déjà se réjouit;
De nos malheurs passés sa force s'agrandit.
On propose la paix, l'ennemi la refuse;
Des projets du héros il rit et s'en amuse.
Napoléon revient, la victoire le suit;

Partout des alliés l'espoir s'évanouit.

Le pays d'Italie, ainsi que la Hollande,
Vinrent le secourir. Sa puissance était grande.
L'Allemagne de même était encore à lui ;
Mais le perfide Anglais lui prodiguait l'ennui,
Et les peuples soumis, sortant de l'alliance,
Abandonnent bientôt le parti de la France.

La coalition de nouveau vient lutter,
Le héros la battit, et l'on vint proposer
De vains projets de paix ; elle était odieuse ;
Il vit de ses rivaux la ruse ambitieuse ;
Mais la défection se glissa dans nos rangs.
Avec la trahison, la discorde est aux camps.
Forcé de reculer, il n'eut que quelques braves
Qui partout suscitaient d'incroyables entraves
A ses fiers ennemis ; mais tout en guerroyant,
Il aurait, parmi nous, versé beaucoup de sang,
Le pays eût payé trop cher cette vengeance.

Un malheureux destin l'éloigne de la France.
L'île d'Elbe devient son douloureux séjour.
Les Français mécontents désiraient son retour ;
Il part de son exil, atteint la capitale,
Réveillant sur ses pas l'ivresse générale ;
Il pousse vers le nord ses ennemis vaincus.....
La coalition bientôt eut le dessus ;
Refoulé vers Paris, il campe au mont Saint-Jean,
Cette affreuse bataille où des ruisseaux de sang
Coulèrent à regret ; captif, on le transporte
Sur le rocher d'Hélène, avec terrible escorte ;
C'est là que, dévoré d'ennuis et de chagrin,
La plus cruelle mort de ses jours vit la fin.
Muni des sacrements, le cœur dans l'allégresse,
Des délices d'en haut il sent déjà l'ivresse,
Laissant au monde entier l'exemple le plus beau
Que puisse lui donner un souverain nouveau.

Le ciel ne voulut pas qu'une cendre si chère,
Trop loin de nos guerriers demeurât étrangère.
La mer vit revenir ce héros si vanté
Que les muses du Pinde ont tant de fois chanté,
Et les feux allumés de sa chapelle ardente
Reflètent faiblement sa valeur triomphante.

L'ABBÉ CHATARD,
Ancien professeur au Collége de Roanne.

Roanne, Imp. de Sauzon.

www.ingramcontent.com/pod-product-compliance
Ingram Content Group UK Ltd.
Pitfield, Milton Keynes, MK11 3LW, UK
UKHW012134240726
13965UKWH00005B/2170

9 782013 462808